Le Soleil des Scorta

FichesdeLecture.com

I. INTRODUCTION

II. RÉSUMÉ DE L'ŒUVRE

III. PRÉSENTATION DES PERSONNAGES

IV. AXES DE LECTURE

Le Soleil des Scorta
(Fiche de lecture)

I. INTRODUCTION

Le Soleil des Scorta est un roman de Laurent Gaudé. Publié en 2004, il a reçu le Prix Goncourt.

II. RÉSUMÉ DE L'ŒUVRE

Les pierres chaudes du destin

C'est le mois d'août sur le massif du Gargano, dans la région des Pouilles au sud de l'Italie. Luciano Mascalzone revient au village de Montepuccio. Le père Zampanelli ne le reconnaît pas. Luciano Mascalzone s'arrête net devant la maison des Biscotti. Une femme d'une quarantaine d'années vient lui ouvrir. Luciano pénètre chez les Biscotti en sachant très bien que cela va lui coûter la vie. Il suit la femme dans une petite chambre et la prend dans ses bras. La femme s'abandonne le sourire aux lèvres, sans lutter. Luciano Mascalzone a été toute sa vie un bandit. À l'heure de sa gloire, il venait souvent à Montepuccio et c'est là qu'il tomba amoureux de Filomena Biscotti mais sa réputation lui interdisait tout espoir de la faire sienne. Un jour, des carabiniers le cueillirent à l'auberge où il résidait et il fut condamné à quinze ans de prison. Luciano s'était juré qu'à sa sortie, il assouvirait son désir brutal de Filomena. Posséder Filomena et mourir. Le reste ne comptait pas pour lui.

Luciano ressort de la maison et retrouve son âne. Il sait qu'il va à la mort. Il traverse la place centrale de Montepuccio et tous se taisent à son passage. Une foule silencieuse ne tarde pas à lui faire cortège. Une voix forte retentit soudain : « *Mascalzone, c'est le jour de ta mort.* » Luciano arrive à la sortie du village. Un groupe d'hommes lui bloque le chemin. Une pluie drue de rocailles lui martèle le corps. Le curé accourt et s'interpose entre la foule et sa victime. Les villageois se regroupent autour du corps et se mettent à l'insulter. « *Immacolata est la dernière femme que tu violeras, fils de porc.* » Il n'a pas fait l'amour à Filomena mais à Immacolata, sa jeune sœur. Filomena Biscotti est morte d'une embolie pulmonaire peu de temps après son arrestation. Sa sœur cadette s'est alors installée dans la maison familiale. Luciano meurt en crachant sur le sort qui se moque des hommes. Immacolata tombe enceinte et donne naissance à un fils. C'est ainsi que naît la lignée des Mascalzone.

La malédiction de Rocco

Immacolata meurt après l'accouchement. Don Giorgio est appelé pour veiller la dépouille de la vieille fille toute la nuit. Le village pense qu'il vaut mieux tuer cet enfant car il est entré dans la vie par la mauvaise porte. Don Giorgio traite les villageois de mécréants d'avoir eu une pensée si odieuse. Le jour même, il emmène l'enfant à San Giocondo, le village le plus proche et confie l'enfant à un couple de pêcheurs. Durant un mois entier, il refuse d'assurer les offices.

Le petit Rocco Scorta Mascalzone grandit, devient un homme et un véritable brigand. Il revient à Montepuccio et y sème la terreur. Un hiver, il se présente à don Giorgio et lui demande de le marier avec une jeune fille sourde et muette dont il ne connaît même pas le nom. Après la cérémonie, le curé se demande s'il n'a pas conclu un mariage dû à un enlèvement. À Montepuccio, on doit reconnaître que depuis le jour de son mariage, Rocco ne touche plus à un cheveu des habitants, ayant étendu ses activités plus loin dans les terres des Pouilles. Don Giorgio ne manque pas alors de remercier le Seigneur pour ce retour de la paix dans son village.

Rocco fait trois enfants à la muette : Domenico, Giuseppe et Carmela. Les enfants Scorta passent le plus clair de leur temps au village, mais on leur parle le moins possible. Les gamins du village n'ont pas le droit de jouer avec eux. Un seul enfant se mêle à leur groupe. Il se nomme Raffaele et est fils de pêcheur. Sa famille est une des plus pauvres de Montepuccio. Un jour de février 1928, Rocco vient trouver Don : il désire se confesser. Don Giorgio est ébahi par la volonté et le calme de son interlocuteur et ne peut que l'écouter. Rocco lui raconte chacun de ses crimes, chacun de ses méfaits sans cacher aucun détail. Il a tué, pillé, pris la femme d'autrui, vécu par le feu et la terreur. Rocco lui déclare vouloir faire don à l'Église de toutes ses richesses accumulées année après année. Don Giorgio accepte le don, mais reproche à Rocco de condamner ses enfants à la misère. Rocco demande, en échange de ce don, que les siens soient enterrés comme des princes. Il désire que leur enterrement soit fastueux comme aucun autre, de génération en génération. Le vieux curé va chercher une feuille de papier et couche les termes de l'accord par écrit. Il se signe et dit : « *Qu'il en soit ainsi.* » Peu après, après un long discours sur ses crimes, Rocco meurt. L'enterrement est fixé au lendemain. Après une courte cérémonie, le curé annonce aux habitants stupéfaits que Rocco Scorta Mascalzone a fait don de sa fortune entière à l'Église. On se demande ce que vont devenir la Muette et ses trois enfants. Devant la tombe de leur père, les trois enfants restent serrés les uns contre les autres. Ils sont remplis de haine à l'idée que tout leur a été enlevé et qu'ils ne peuvent compter que sur leurs propres forces.

Le retour des miséreux

Domenico, Giuseppe et Carmela contemplent apeurés leur village natal. Un an à peine s'est écoulé depuis leur départ et ils ont vieilli. Ils entrent dans Montepuccio de nuit. Soudain, ils aperçoivent la silhouette d'un homme blotti contre un mur. C'est Raffaele qui s'est préparé à cet instant, se promettant de veiller toute la nuit pour les accueillir. Ils s'embrassent et Raffaele est tout de suite frappé par la beauté de Carmela. À la fin du repas, Raffaele leur annonce que la Muette, leur mère, est morte depuis deux mois. Don Giorgio étant mort avant elle, le nouveau curé du village, don Carlo Bozzoni, l'a fait enterrer dans la fosse commune. Le lendemain, les Scorta vont trouver le curé et lui demandent pourquoi leur mère a été enterrée si modestement. Le curé répond qu'elle a été enterrée dignement. Domenico tend alors le papier sur lequel Rocco et don Giorgio ont signé leur pacte. Le curé se fâche et ne veut rien entendre. Ils décident de creuser eux-mêmes la fosse à l'extérieur de l'enceinte du cimetière. Raffaele pleure doucement. Dorénavant, il est le quatrième des Scorta. Plusieurs années plus tard, Carmela devenue une vieille femme, racontera au curé le voyage des Scorta à New York. Après la mort de Rocco, don Giorgio trouve une petite maison pour permettre à la Muette de vivre pauvrement, mais avec dignité. Pour les enfants, don Giorgio se débrouille pour obtenir trois billets sur un paquebot vers New York. À New York, sur l'île d'Ellis Island, ils passèrent devant des médecins, mais Carmela fut refusée en raison d'une infection et ils durent repartir sur un bateau gratuit qui les ramena chez eux, dans leur pays d'origine.

Le tabac des taciturnes

Don Carlo est outré par ce qu'il considère comme une profanation du cimetière. À partir de ce moment, le père Bozzoni est pris en haine par tout Montepuccio. Ils craignent la colère de Rocco Scorta Mascalzone, même mort. À n'en pas douter, un mauvais sort allait frapper Montepuccio. La révolte gronde chez les villageois. Une rumeur se mit à circuler sur la mort de Bozzoni. Don Carlo a en effet été retrouvé mort dans les collines. Raffaele blêmit. Raffaele a croisé le curé la veille, sur un sentier des collines. Il avait entamé la conversation et tenté de faire revenir don Carlo sur sa décision au sujet de la tombe de la Muette. Don Carlo lui avait répondu qu'elle n'avait que ce qu'elle méritait car ce n'était qu'une pécheresse ayant engendré une bande de mécréants. En entendant ces mots, Raffaele s'était jeté sur le curé et lui avait arraché sa soutane. Il s'était éloigné et avait disparu. Il avait déambulé longtemps avant de s'effondrer. Don Carlo est enterré comme un mécréant. Les Scorta habitent tous les quatre chez Raffaele. Leur rêve est d'ouvrir un bureau de tabac à Montepuccio. Ils achètent donc un local sur le corso Garibaldi. Avec l'argent du père Bozzoni (de sa montre), ils achètent la licence.

Le banquet

Un soir, après avoir fermé le tabac, Carmela rentre chez elle. Arrivée sur le parvis de l'église, un homme s'approche : elle paie leur dernier créancier. Dorénavant, ils sont enfin libres. Le lendemain, Raffaele convie tout le clan au lieu dit *Sanacore* sans donner la raison de cette invitation. Lorsqu'elle entre chez elle, elle voit que son mari est dans une agitation anormale. Carmela a épousé Antonio Manuzio, le fils de don Manuzio, avocat et conseiller municipal. En épousant Carmela, Antonio a choisi de se couper de sa famille et de renoncer à la vie de bourgeois oisif qui l'attendait. Antonio déclare qu'il veut se présenter à la mairie, mais afin de gagner le respect des habitants de Montepuccio, il veut se rendre en Espagne afin d'aider le Duce à écraser les rouges. Sa décision est irrévocable. Il ira en Espagne se battre aux côtés des fascistes et ainsi, parfaire son éducation politique. Le lendemain, la famille de Carmela se rend au rendez-vous fixé à Sanacore par Raffaele. Ils découvrent un panneau de bois avec une inscription : *Trabucco Scorta*. Au bout d'une interminable descente, ils arrivent à une vaste plate-forme en bois, accrochée à la falaise. La famille de la femme de Raffaele possède ce trabucco. Raffaele les accueille, tout le monde est là : le festin commence. Ce jour reste un souvenir heureux.

Les mangeurs de soleil

Un matin d'août 1946, un homme entre à Montepuccio, à dos d'âne. C'est le nouveau curé, don Salvatore. Le jour de son arrivée, il fait un prêche d'une rare violence et les Montepucciens sont intrigués. Au premier dimanche, l'église est pleine et don Salvatore est adopté. Pour la fête patronale de Sant'Elia, l'Église est décorée. À onze heures du soir, don Salvatore hurle : « *On a volé les médailles de San Michele !* ». Tous les hommes se lèvent et on se demande qui a pu commettre pareil crime. Don Salvatore déclare que le village n'est qu'un ramassis de criminels et il veut annuler la procession. Elia a commis le vol. Domenico corrige durement son neveu, prend les médailles, réveille don Salvatore et lui raconte tout. La rumeur ne tarde pas à se répandre qu'Elia Manuzio est le voleur mécréant. Sa vie est en danger. Domenico doit cacher son neveu dans une baraque en pierre. Il lui trouve une place chez un vieil ami de San Giocondo. L'exil de son frère plonge Donato dans une mélancolie. Domenico est le seul à voir Elia durant son année d'exil. À la date anniversaire du vol de San Michele, Domenico vient à l'improviste dans la famille qui héberge Elia et lui tend une enveloppe. Il lui dit que dans un mois il pourra revenir au village, mais avec cette enveloppe, il pourrait partir où il veut et vivre pendant six mois. Elia pourrait ainsi devenir le premier des Scorta à quitter cette terre. Un mois plus tard, Elia déclare à son oncle vouloir rester au village. Domenico est ravi du choix d'Elia mais il l'écoute avec tristesse. Jamais un Scorta ne pourra se soustraire à cette terre misérable. Domenico meurt quelques années après, suivi de Giuseppe. Carmela porte le deuil de façon définitive. Raffaele, inconsolable, va tous les jours au cimetière.

Tarentelle

Lentement, Carmela abandonne le commerce de tabac, remplacée par Elia, qui s'ennuie profondément. Donato continue ses allers-retours de contrebandier. Après quelque temps de cette vie là, Elia tombe amoureux de Maria Carminella, la fille du propriétaire du grand hôtel Tramontane, le plus beau de Montepuccio. Un jour, il prend son courage à deux mains et va voir le vieux Gaetano Carminella. Il lui avoue être fou de Maria. Le vieux médecin lui dit qu'il réfléchira à sa demande. Après le départ d'Elia, le vieux Gaetano raconte tout aux femmes de sa famille. Maria sort de l'hôtel et court derrière le jeune homme. Elia comprend qu'elle va devenir pour lui une véritable obsession. Un jour que Maria rentre des courses, Elia la suit, se précipite sur elle et lui déclare son amour. Maria lui répond qu'elle n'est pas à vendre. Il essaie de la retenir, mais elle disparaît. Elia reste dans la ruelle sans force, consterné par la façon dont s'est passé cet entretien auquel il a tant rêvé. Il se rend à l'église et raconte tout à don Salvatore. Celui-ci lui conseille alors de danser la tarentelle car en Calabre, son pays, lorsqu'on est rongé par l'amour, c'est la seule chose à faire. Il lui donne le nom d'une vieille femme. Il faut qu'il se présente à sa porte à minuit, avec un bidon d'huile d'olive. Ce que fait Elia. La vieille femme lui fait boire de l'alcool. Elle se met à danser au centre de la pièce et invite Elia à la rejoindre. La tarentelle les possède tout entier et la musique remplit Elia de bonheur. Il sort de la maison et marche dans les ruelles comme un possédé. Il se retrouve devant le bureau de tabac, sur le corso. Il va dans la réserve et enflamme une caisse de cigarettes. Elia hurle comme un fou et se met à rire et à danser la tarentelle. Les habitants de Montepuccio réussissent à maîtriser les flammes avant qu'elles ne se propagent aux maisons voisines. Il ne reste rien du bureau de tabac. Maria Carminella apparaît soudain. Elle est en robe blanche et ressemble à un fantôme. Elle marche droit sur Elia et accepte de l'épouser. Les jours suivants, il faut déblayer les décombres, nettoyer le local et sauver ce qui peut être sauvé. Elia traverse l'épreuve grâce à l'amour de Maria qui s'est installée chez lui. Le mariage a lieu quelques semaines plus tard. Les mois suivants, les habitants de Montepuccio refusent d'acheter leurs cigarettes ailleurs que chez Elia. Un bouleversement profond s'opère dans l'esprit d'Elia. Pour la première fois, il travaille avec bonheur malgré les dures conditions. Sa vie ne lui a jamais semblé aussi dense et précieuse.

La plongée du soleil

Sentant la mort proche, Raffaele convoque son neveu Donato et lui révèle sa responsabilité dans la mort de Don Bozzoni. Raffaele avoue à Donato qu'il n'a jamais osé demander à Carmela de devenir sa femme. Il meurt quelques jours plus tard, dans ses filets, sur son trabucco, avec le bruit de la mer sous lui. Le jour de son enterrement, Carmela est là, le visage fermé. C'est la fin d'une époque. Désormais, l'histoire de sa famille apparaît à Donato comme une pauvre succession d'existences fermées. Une immense tristesse s'empare de lui. Il se jette corps et âme dans la contrebande. Donato disparaît de plus en plus souvent. Michele a un fils et lorsqu'il atteint l'âge de huit ans, Donato le prend dans sa barque, comme son oncle Giuseppe l'avait fait avec lui. Bientôt, il n'accoste plus et les Scorta ne le revoient plus. Il est devenu passeur. Il prend et dépose des étrangers venus tenter leur chance. Des Albanais, des Iraniens, des Chinois, des Nigériens, tous passent par sa barque étroite.

Tremblement de terre

Carmela est maintenant une vieille devenue l'ombre d'elle-même. Elia s'occupe d'elle. Parfois elle se met à gémir, traversée de terreurs. Soudain, un frisson fond sur le village. Une voix hurle « *Terremoto ! Terremoto !* » La terre tremble, le bitume se fissure et les hommes prient pour ne pas être engloutis. Le calme revient et tous les habitants de Montepuccio regardent le ciel avec hébétude, riant et pleurant de soulagement et de peur. Elia sort du bureau de tabac et se précipite dans la rue. Il appelle sa mère. Carmela marche lentement, le long des rues encombrées de poussière. Elle laisse derrière elle le village et le vacarme. Elle rejoint le cimetière. La terre s'étire et se contracte, puis le vacarme s'apaise. Elia reprend sa course vers le cimetière. , qui a été traversé par la secousse. Elia sait qu'il ne reverra plus jamais sa mère.

La procession de Sant'Elia

Aujourd'hui, c'est la fête patronale de Sant'Elia. Le village a changé. Elia essaie de se souvenir de ce que le village était il y a cinquante années. Elia entre dans le cimetière. Toutes les familles de Montepuccio sont là. Les Tavaglione, les Biscotti, les Esposito, les De Nittis.

Il éprouve alors le désir impérieux de parler avec don Salvatore. Il le trouve dans son petit jardin, les pieds dans l'herbe et la tasse de café à la main. Elia est maintenant devant la porte du bureau de tabac. Il attend sa fille qui doit venir pour la procession. Mais la procession est sur le point de passer et elle n'est pas là. Anna a quitté Montepuccio à dix-huit ans pour suivre des études de médecine à Bologne. Elle est la première des Scorta à quitter le village pour tenter sa chance dans le Nord. Elia aperçoit soudain le grand drapeau de Sant'Elia qui se balance lentement, de façon hypnotique au-dessus des passants. La procession arrive. Elle marque un temps d'arrêt et tout s'immobilise. La marche reprend au son aigu et puissant des cuivres de l'orchestre. Anna est là. Souriante. C'est une belle femme, pleine de l'insouciance joyeuse de son âge. C'est la dernière des Scorta. Les hommes comme les olives, sous le soleil de Montepuccio, sont éternels.

III. PRÉSENTATION DES PERSONNAGES

Luciano Mascalzone

Il a été toute sa vie un bandit vivant de rapines, de vol de bétail, de détroussage de voyageurs. Il n'est pas originaire du village de Montepuccio mais il y passe le plus clair de son temps. Il tombe amoureux de Filomena Biscotti mais sa réputation lui interdit tout espoir de la faire sienne. Il se met à la désirer comme les vauriens désirent les femmes. La posséder, ne serait-ce qu'une nuit. Il est condamné à quinze ans de prison et il s'est juré qu'à sa sortie, il assouvirait son désir brutal de Filomena. Tout le reste ne compte pour rien.

Filomena Biscotti

Jeune fille issue d'une famille modeste, mais honorable de Montepuccio, elle meurt d'une embolie pulmonaire peu de temps après l'arrestation de Luciano Mascalzone.

Immacolata Biscotti

Elle est la sœur cadette de Filomena Biscotti, elle ressemble beaucoup à sa sœur. Elle est restée vieille fille. Après avoir fait l'amour avec Luciano qui la confond avec sa sœur, elle tombe enceinte et c'est ainsi que naît la lignée des Mascalzone. C'est la mère de Rocco Scorta Mascalzone. Elle meurt peu après l'accouchement.

Don Giorgio Zampanelli

Il est le curé du village de Montepuccio. Il essaie de sauver Luciano Mascalzone de la fureur des habitants, mais en vain. Par contre, c'est lui qui sauve Rocco Scorta Mascalzone du sort sinistre que lui réservaient les femmes du village.

Rocco Scorta Mascalzone

Il est le fils de Luciano et de Immacolata. Il est sauvé de la mort par le père Zampanelli et est élevé dans le village de San Giocondo. C'est un véritable brigand qui attaque les paysans et vole les bêtes. Il devient riche et revient à Montepuccio. Il épouse La Muette et devient le père de Domenico, Giuseppe et Carmela. À sa mort, il donne toute sa fortune à l'église, laissant ses trois enfants dans la misère.

La muette

Jeune femme au regard craintif, elle est sourde et muette. Elle devient l'épouse de Rocco Scorta.

Domenico Scorta Mascalzone

Il est l'aîné des fils de Rocco Scorta et de La Muette. Il partage son temps entre le bureau de tabac et le bar. Il épouse Maria Faratella et a deux filles : Lucrezia et Nicoletta.

Maria Faratella

Fille d'une famille aisée de commerçants, elle se marie avec Domenico et lui apporte un confort qu'il n'a jamais connu. Grâce à Maria, il est à l'abri de la pauvreté. La famille Faratella possède plusieurs champs d'oliviers et un bar sur le corso.

Giuseppe Scorta Mascalzone

Il est le deuxième fils des Scorta. Il exerce le métier de pêcheur et fait aussi de la contrebande de tabac. Il épouse Mattea, une fille de pêcheur et a un fils : Vittorio.

Carmela Scorta Mascalzone

Elle est la seule fille de la famille Scorta. Elle épouse Antonio Manuzio et travaille toute sa vie au bureau de tabac. Elle aura deux fils : Elia et Donato.

Antonio Manuzio

Fils de don Manuzio, il est avocat et conseiller municipal de Montepuccio. Don Manuzio est un riche notable du village, possédant des centaines d'hectares d'oliviers. Antonio épouse Carmela Scorta et se coupe de sa famille. Il renonce à la vie de bourgeois oisif qui l'attendait. Il partira pour l'Espagne et y mourra d'une mauvaise blessure, sans gloire ni panache, laissant Carmela veuve avec ses deux fils.

Raffaele

Il est fils de pêcheur d'une des familles les plus pauvres de Montepuccio. Il est l'ami des Scorta et devient un membre à part entière de la famille. Il épouse **Giuseppina** et a un fils : Michele.

Don Carlo Bozzoni

Curé de Montepuccio, il est le remplaçant de don Giorgio. Il méprise les habitants de Montepuccio et est violent et irascible. Pour avoir enterré La Muette dans la fosse commune du cimetière du village, il est pris en haine par tout Montepuccio. Il est retrouvé mort, complètement nu, dans les collines à un jour de marche du village. Son corps a été brûlé par le feu du soleil. Les habitants le jettent en terre sans sacrement, sans prière, comme un mécréant.

Don Salvatore

Homme jeune âgé d'environ vingt-cinq ans avec un long visage maigre et des petits yeux noirs. Il remplace don Carlo Bozzoni comme curé de Montepuccio en août 1946. Les habitants le surnomment « *le Calabrais* ». Il est adopté car on aime sa solennité et sa rudesse.

Elia Manuzio

Il est l'aîné des deux fils de Carmela Scorta. Il s'occupe du bureau de tabac et remplace sa mère lorsqu'elle devient trop vieille pour travailler. Il épouse Maria Carminella et ils auront une fille : Anna.

Maria Carminella

Jeune fille appartenant à une riche famille, propriétaire du grand hôtel Tramontane, le plus beau de Montepuccio. Le père de Maria, Gaetano Carminella, est médecin.

Anna Manuzio

Fille d'Elia et Maria Manuzio, elle a quitté Montepuccio à dix-huit ans pour suivre des études de médecine à Bologne. C'est la première des Scorta à quitter le village et aller tenter sa chance dans le Nord. C'est une belle jeune femme, pleine de l'insouciance joyeuse de son âge.

IV. AXES DE LECTURE

La famille

Sans conteste, la famille occupe la première place dans le récit de Laurent Gaudé. Ce livre est l'histoire d'une famille avec ses joies, ses peines, ses malheurs et ses bonheurs. Les trois enfants Scorta font face à l'adversité avec courage, débrouillardise et détermination. Partis de rien, ils lutteront pour se faire une place au soleil, usant de moyens pas toujours honnêtes comme la contrebande. Mais malgré les embûches et les drames, la famille reste unie et l'entraide fait partie de leur quotidien. Les générations se succèdent et pourtant, les mêmes valeurs survivent. On sent beaucoup d'amour et d'attachement entre les différents membres de cette famille indomptable.

Le soleil

Le soleil illumine cette belle histoire du Sud de l'Italie. Il apporte du bonheur en faisant pousser les récoltes et en fournissant l'huile d'olive si précieuse aux Scorta : « *C'est de l'or, disait l'oncle. Ceux qui disent que nous sommes pauvres n'ont jamais mangé un bout de pain baigné de l'huile de chez nous. C'est comme de croquer dans les collines d'ici. Ça sent la pierre et le soleil. Elle scintille. Elle est belle, épaisse, onctueuse. L'huile d'olive, c'est le sang de notre terre.* »

Mais le soleil peut aussi être meurtrier et jouer le rôle de vengeur impitoyable comme le lecteur peut le constater en lisant le passage sur la mort du père Bozzoni et sur sa mise en terre : « *Vers onze heures, on apprit que le corps du père Bozzoni avait été brûlé par le feu du soleil. Partout, même sur le visage, alors qu'il était face contre terre lorsqu'on avait trouvé sa dépouille. Il fallait se rendre à l'évidence : il était nu avant de mourir. Il avait marché ainsi, sous le soleil, pendant des heures jusqu'à s'en faire cloquer la peau et saigner les pieds, puis il était mort de fatigue et de déshydratation.* »

La pauvreté

Les trois enfants Scorta connaissent très jeunes la pauvreté et ses conséquences. Leur père Rocco donne toute sa fortune à l'église à sa mort et laisse ses trois enfants et la Muette sans ressources. Les enfants Scorta ne devront que compter sur leurs seules forces pour combattre leur misérable destin sans jamais parvenir à échapper tout à fait à la misère. Ils devront travailler durement toute leur vie pour parvenir à subsister. Pas un d'entre eux ne réussira à quitter le village pour se faire une place au soleil, sauf Anna, la dernière de la lignée. L'argent sera leur obsession première tout au long de leur existence. Après avoir connu l'opulence avec leur père Rocco, ils connaîtront la déchéance et verront leur position sociale réduite à néant avec la disparition de leur père. Ils devront se serrer les coudes et former un clan indestructible afin de survivre à cette tragédie. Grâce à cette épreuve, ils resteront unis et solidaires, formant une famille hors du commun.

L'amour

Le récit renferme de belles histoires d'amour dont celle de Raffaele, amoureux de Carmela et n'osant pas lui déclarer sa flamme, étant devenu son frère après l'enterrement de la Muette. La joie que ressent Raffaele à l'idée de faire partie à part entière de la famille Scorta est assombrie par son amour pour Carmela, amour qu'il ne pourra jamais concrétiser par une union avec elle, qu'il considère désormais comme sa sœur. Devenu vieux, il finira par tout raconter à cette sœur qu'il a toujours aimée secrètement.

Le style de Laurent Gaudé

L'ambition de Laurent Gaudé était de raconter la saga d'une famille du Sud de l'Italie, habitant la région des Pouilles. L'histoire débute donc avec le viol d'Immacolata Biscotti qui aura pour conséquence la naissance de Rocco Scorta et s'achèvera avec le retour au village, d'Anna, la fille d'Élia Manuzio. Donc, une histoire qui se déroule sur près de quatre générations, de 1870 à nos jours.

Dès les premières pages, le lecteur est plongé au cœur de l'action. Il n'y a pas de longues mises en place des personnages et du contexte. Le récit est écrit à la façon d'un conte, d'une histoire qui nous serait racontée par l'auteur pour nous divertir, mais aussi pour nous faire découvrir les mœurs et les conditions de vie d'un petit village du Sud de l'Italie. Chaque chapitre est suivi de quelques pages où Carmela Scorta, devenue une vieille femme, raconte au père Salvatore, sur le ton de la confidence, une partie de son histoire et lui dicte ses dernières volontés. Le fait de donner un titre à chaque chapitre est aussi une façon de procéder que j'ai toujours appréciée dans un livre. L'écriture de Laurent Gaudé nous emporte soit dans l'action, soit dans la description du climat, des mœurs et des conditions de vie de cette partie de l'Italie. Un livre où l'émotion prime et où l'être humain y est décrit dans toute sa force, son opiniâtreté, sa vulnérabilité face aux malheurs et revers que la vie lui réserve.

Dans la même collection en numérique

Les Misérables
Le messager d'Athènes
Candide
L'Etranger
Rhinocéros
Antigone
Le père Goriot
La Peste
Balzac et la petite tailleuse chinoise
Le Roi Arthur
L'Avare
Pierre et Jean
L'Homme qui a séduit le soleil
Alcools
L'Affaire Caïus
La gloire de mon père
L'Ordinatueur
Le médecin malgré lui
La rivière à l'envers - Tomek
Le Journal d'Anne Frank
Le monde perdu
Le royaume de Kensuké
Un Sac De Billes
Baby-sitter blues
Le fantôme de maître Guillemin
Trois contes
Kamo, l'agence Babel
Le Garçon en pyjama rayé
Les Contemplations

Escadrille 80

Inconnu à cette adresse

La controverse de Valladolid

Les Vilains petits canards

Une partie de campagne

Cahier d'un retour au pays natal

Dora Bruder

L'Enfant et la rivière

Moderato Cantabile

Alice au pays des merveilles

Le faucon déniché

Une vie

Chronique des Indiens Guayaki

Je voudrais que quelqu'un m'attende quelque part

La nuit de Valognes

Œdipe

Disparition Programmée

Education européenne

L'auberge rouge

L'Illiade

Le voyage de Monsieur Perrichon

Lucrèce Borgia

Paul et Virginie

Ursule Mirouët

Discours sur les fondements de l'inégalité

L'adversaire

La petite Fadette

La prochaine fois

Le blé en herbe

Le Mystère de la Chambre Jaune

Les Hauts des Hurlevent

Les perses

Mondo et autres histoires

Vingt mille lieues sous les mers

99 francs

Arria Marcella

Chante Luna

Emile, ou de l'éducation

Histoires extraordinaires

L'homme invisible

La bibliothécaire

La cicatrice

La croix des pauvres

La fille du capitaine

Le Crime de l'Orient-Express

Le Faucon malté

Le hussard sur le toit

Le Livre dont vous êtes la victime

Les cinq écus de Bretagne

No pasarán, le jeu

Quand j'avais cinq ans je m'ai tué

Si tu veux être mon amie

Tristan et Iseult

Une bouteille dans la mer de Gaza

Cent ans de solitude

Contes à l'envers

Contes et nouvelles en vers

Dalva

Jean de Florette

L'homme qui voulait être heureux

L'île mystérieuse

La Dame aux camélias

La petite sirène

La planète des singes

La Religieuse

1984 A l'Ouest rien de nouveau

Aliocha

Andromaque

Au bonheur des dames

Bel ami

Bérénice

Caligula

Cannibale

Carmen

Chronique d'une mort annoncée

Contes des frères Grimm

Cyrano de Bergerac

Des souris et des hommes

Deux ans de vacances

Dom Juan

Electre

En attendant Godot

Enfance

Eugénie Grandet

Fahrenheit 451

Fin de partie

Frankenstein

Gargantua

Germinal

Hamlet

Horace

Huis Clos

Jacques le fataliste

Jane Eyre

Knock

L'homme qui rit

La Bête humaine

La Cantatrice Chauve

La chartreuse de Parme

La cousine Bette

La Curée

La Farce de Maitre Pathelin

La ferme des animaux

La guerre de Troie n'aura pas lieu

La leçon

La Machine Infernale

La métamorphose

La mort du roi Tsongor

La nuit des temps

La nuit du renard

La Parure

La peau de chagrin

La Petite Fille de Monsieur Linh

La Photo qui tue

La Plage d'Ostende

La princesse de Clèves

La promesse de l'aube

La Vénus d'Ille

La vie devant soi

L'alchimiste

L'Amant

L'Ami retrouvé

L'appel de la forêt

L'assassin habite au 21

L'assommoir

L'attentat

L'attrape-coeurs

Le Bal

Le Barbier de Séville

Le Bourgeois Gentilhomme

Le Capitaine Fracasse

Le chat noir

Le chien des Baskerville

Le Cid

Le Colonel Chabert

Le Comte de Monte-Cristo

Le dernier jour d'un condamné

Le diable au corps

Le Grand Meaulnes

Le Grand Troupeau

Le Horla

Le jeu de l'amour et du hasard

Le Joueur d'échecs

Le Lion

Le liseur

Le malade imaginaire

Le Mariage de Figaro

Le meilleur des mondes

Le Monde comme il va

Le Parfum

Le Passeur

Le Petit Prince

Le pianiste

Le Prince

Le Roman de la momie

Le Roman de Renart

Le Rouge et le Noir

Le Soleil des Scortas

Le Tartuffe

Le vieux qui lisait des romans d'amour

L'Ecole des Femmes

L'Ecume Des Jours

Les Bonnes

Les Caprices de Marianne

Les cerfs-volants de Kaboul

Les contes de la Bécasse

Les dix petits nègres

Les femmes savantes

Les fourberies de Scapin

Les Justes

Les Lettres Persanes

Les liaisons dangereuses

Les Métamorphoses

Les Mouches

Les Trois mousquetaires

L'étrange cas du Dr Jekyll et de Mr Hyde

L'Ile Au Trésor

L'île des esclaves

L'illusion comique

L'Ingénu

L'Odyssée

L'Ombre du vent

Lorenzaccio

Madame Bovary

Manon Lescaut

Micromégas

Mon ami Frédéric

Mon bel oranger

Nana

Ne tirez pas sur l'oiseau moqueur

Notre-Dame de Paris

Oliver twist

On ne badine pas avec l'amour

Oscar et la dame rose

Pantagruel

Le Misanthrope

Perceval ou le conte du Graal

Phèdre

Ravage

Roméo et Juliette

Ruy Blas

Sa Majesté des Mouches

Si c'est un homme

Stupeur et tremblements

Supplément au voyage de Bougainville

Tanguy

Thérèse Desqueyroux

Thérèse Raquin

Ubu Roi

Un Barrage contre le Pacifique

Un long dimanche de fiançailles

Un secret

Vendredi ou la vie sauvage

Vipère au poing

Voyage au bout de la nuit

Voyage au centre de la terre

Yvain ou le Chevalier au lion

Zadig

À propos de la collection

La série FichesdeLecture.com offre des contenus éducatifs aux étudiants et aux professeurs tels que : des résumés, des analyses littéraires, des questionnaires et des commentaires sur la littérature moderne et classique. Nos documents sont prévus comme des compléments à la lecture des oeuvres originales et aide les étudiants à comprendre la littérature.

Fondé en 2001, notre site FichesdeLectures.com s'est développé très rapidement et propose désormais plus de 2500 documents directement téléchargeables en ligne, devenant ainsi le premier site d'analyses littéraires en ligne de langue française.

FichesdeLecture est partenaire du Ministère de l'Education du Luxembourg depuis 2009.

Plus d'informations sur www.fichesdelecture.com

Notes :